Un jour, je suis morte

Macha Méril

Un jour, je suis morte

Albin Michel

Un jour, je suis morte.

J'ai eu du mal à m'en remettre.

Je ne m'en remets pas, en vérité.

Je ne l'ai pas su tout de suite. Que j'étais morte. Les signaux sont apparus petit à petit. On ne peut pas accepter une chose pareille d'emblée. C'est intenable.

D'une seconde à l'autre tout a changé. Le présent, l'avenir, la couleur du ciel, la couleur de mes yeux.

La couleur.

La simple couleur.

Ma vie continue pourtant. En gris, sans contrastes, d'une manière étale. Rien de saillant, aucun événement à souligner, à mettre en gras. Autrefois on disait ça de l'écriture, les pleins et les déliés. Je suis déliée. Les pleins, c'est pour les autres. Je ne connais pas le plein. Les pleins sont devant, je suis derrière, je viens après, en mince filigrane.

Si le soleil est la vie, je suis la lune.

On m'entrevoit de nuit, si le soleil le veut bien. Je n'ai pas d'existence propre. Je récolte les restes d'énergie gaspillée autour de moi, comme une glaneuse ramasse le blé oublié dans les champs.

Ne croyez pas que cette existence parallèle soit pénible. J'ai, comme les autres, des moments heureux. Des moments joyeux, qui ont toute l'apparence du bonheur. À me regarder, on pourrait m'envier. Je ris, j'ai les joues roses, je bronze, je m'enivre, je jouis, j'invente, mais ça ne sert à rien, puisque je suis morte.

Ce que je produis ne s'inscrit nulle part, ni ne peut être retenu, fixé. On passe à travers moi, comme à travers un nuage. Ma présence ou mon absence n'a aucune importance, je n'appartiens pas à ce temps, je suis un maillon manquant qui sera annulé dans la chaîne de l'évolution.

Ma mort n'est pas silencieuse. Je suis apparente, vociférante, rigolante, fornicante. On peut composer des mots pour décrire ma suractivité. Je ne suis pas actrice pour rien. Une prémonition m'a fait choisir ce métier très tôt. L'imaginaire serait mon terrain. Les vies imaginaires, les rôles imitant une réalité amplifiée. Vous me regardez, je suis là, en face de vous, mais je ne suis qu'un reflet insaisissable dans un miroir tendu pour vous faire oublier votre réalité, bien réelle. Mon image a l'efficacité des évocations de l'improbable, des sylphides frémissantes dans les tableaux de Sandro Filipepi, dit Botticelli, des madones navrantes de Domenikos Theotokopoulos, dit le Greco. Vous me confondez avec vous-mêmes, vous croyez que je suis un concentré de vie, une solution offerte. Or je suis une apparition, une ombre, je n'existe pas.

Pas plus que mes rôles.

Je suis convaincante parce que je suis désincarnée, je prends des libertés que la vraie vie m'interdirait. Je n'ai aucune pudeur. Ni la nudité, ni la violence, ni la caricature ne me freinent. Je vous agresse, mais la victime c'est moi. Je vous fais rire, pleurer, je vous torture, je vous réconforte, je vous donne de l'espoir, mais moi je ne peux pas boire de cette eau-là, je n'ai pas de bouche pour boire, je suis une femme sans bouche.

Vous pensez que je dramatise ? Que je ne suis pas seule dans mon cas ? Je sais, la nature est peuplée de surgeons inutiles, d'émouvantes pousses illégales qui s'obstinent au pied des grands arbres et ne fleurissent jamais. D'animaux antiques, magnifiques, qui disparaissent faute de se reproduire. De tortues aux carapaces préhistoriques.

Je suis une tortue préhistorique.

Ça devait s'arrêter là, avec moi. Avec mes dents intactes et ma douleur.

Vivre avec moi-même n'est pas commode.

Pas infaisable puisque je vous parle, mais incommode.

Je porte mon lourd cadavre sur le dos, chacun de mes efforts est multiplié par cette charge pesante.

C'est épuisant certains jours, quand je suis à vif, moins distraite, moins complaisante.

Le plus souvent, je tente le coup.

Je tente de faire semblant d'être vivante.

On arrive à tromper la conscience, à l'enfumer. Avec un plat de spaghettis aux truffes blanches, avec un verre de vin, avec un succès professionnel, avec la curiosité qu'on éveille chez une nouvelle connaissance, quelqu'un qu'on enflamme à la première séduction.

Puis le froid de la vérité revient, ridiculisant mes misérables illusions, et les ténèbres reprennent leurs droits.

Tous leurs droits.

Toute la place.

Je ne peux prétendre à rien, je ne peux rien offrir, puisque je suis morte, stérile, hors de la vie.

Au début d'une rencontre, je pouvais autrefois entretenir l'équivoque pendant plusieurs semaines. À présent, je suis démasquée presque aussitôt, dans un fracas de disputes, de séparations, de confusion et d'abandon. La supercherie se dévoile rapidement, comme les chefs d'État canailles sont désormais promptement épinglés. La justice internationale les rattrape dans des délais qui s'écourtent.

Tôt ou tard moi aussi je suis rattrapée.

Si je vous parle aujourd'hui, c'est qu'il y a une nouveauté. Je me suis aperçue que j'accélère moi-même le processus du dévoilement. Je ne laisse plus traîner. Je dissimule de moins en moins. Je réduis la période des ersatz du bonheur. De l'imposture. Je ne perds plus de temps à raconter ma vie embellie, à pudiquement cacher mon état. Cette honnêteté (ou cette lassitude ?) m'oblige à concevoir des pratiques différentes, dans cette étape de la conscience. Il faut bien que je trouve une place, même modeste.

Je ne veux plus voler, je ne veux plus mentir. Je veux mener une vie de morte, ouvertement, sans honte. C'est ce qu'on me demande, je suppose. Je suis une personne « en plus », mais je suis là. Si j'étais véritablement indésirable, on me l'aurait signifié, je me serais liquéfiée, dissoute. Si je suis encore là, c'est qu'il y a un sens à ce non-être. À moi de le trouver.

Voilà mon travail nouveau, voilà ma tâche.

Premier pas donc : cesser de feindre. Inciter les autres à me voir telle que je suis, humaine et fantôme. Absente et agissante. Ici même, devant vous. Brutalement.

Ne pas me confondre avec les parasites. Ceux-là vivent aux crochets d'autres êtres, dans une fonction bien définie. Je ne suis pas un parasite. Je ne m'accroche nulle part, je ne pèse sur personne. De l'extérieur, on ne voit pas que je suis morte. Au contraire. À bien des égards, je suis plus vivante que les vivants. Je suis mobile, enjouée, saine. Au premier coup d'œil on s'y méprendrait. Beaucoup s'y méprennent. Quelques-uns vont jusqu'à m'envier. La jeunesse me colle à la peau, puisqu'elle n'est pas mise à l'épreuve, pas compromise. Mon état stagnant de non-vie ne la met pas en danger. Quelques flétrissures marquent l'intérieur de mes cuisses et la chair délicate sous les bras, mais rien de spectaculaire, de loin rien n'y paraît, rien de catastrophique. Par rapport aux femmes de mon âge qui sont, elles, en vie, je suis une exception. Il ne peut pas y avoir que des désavantages. Le néant a ses charmes, comme le silence sidéral, l'au-delà temporel. Figée dans mon inutilité, je suis moins périssable. Ceux qui vivent s'oxydent, s'usent, se fatiguent, se transforment, se divisent, se décomposent. Je reste intègre, une et inaltérable. Le temps n'a pas de prise car je suis hors du temps, transparente.

Un psy se passionnerait sans doute pour mon cas : une défunte en pleine possession de ses moyens, quel bon sujet de thèse ! Je n'ai pas eu recours à la psychanalyse jusqu'ici parce que je vois autour de moi des amis sans doute apaisés par la thérapie, mais endormis, distants, comme si les conversations normales leur paraissaient désormais insatisfaisantes, creuses. Dès qu'un professionnel colle ses mots sur un patient, il l'isole des profanes qui n'ont pas le même vocabulaire. J'ai remarqué ça. Marguerite Duras s'amusait des études que Lacan et d'autres faisaient de ses romans, elle m'a confessé qu'elle n'y comprenait rien, qu'elle écrivait avec son instinct et que les sens cachés de son écriture étaient tout bonnement son style.

Avec Pasolini, j'aurais pu parler. Mais il ne parlait pas. Il allait à sa mort physique en silence. En toute conscience. À l'époque, quand je l'ai connu, j'étais encore en attente, des espoirs m'occupaient. Je ne l'ai pas intéressé. Il voyait en moi une femelle traditionnelle, active dans sa féminité, accolée à un homme. Mais je sais qu'avec lui, oui, j'aurais pu parler. J'écoutais son silence et c'était son silence qui me parlait. J'emmagasinais ce silence que j'éluciderais plus tard.

Son ami Moravia, quelquefois, parvenait à déchirer son mutisme privé. Il me l'avait raconté. Il le mettait en garde : « Quand tu vas dans les quartiers périphériques, quand tu rôdes à la Stazione Termini de Rome, quand tu te fais embarquer par un garçon de la rue, arme-toi, montre que tu es armé, que tu sais de quoi il retourne. » Obstinément Pier Paolo répondait : « Non, je dois y aller comme ça, seulement avec mes mots, ma curiosité et mes désirs. »

Pulsion de mort, mort programmée, ou mort advenue, comme la mienne ? Sa mort contingente n'a été qu'une formalité. Il y a été conduit spontanément, pour en finir avec le sursis. Dieu, courroucé, ne souhaitait pas plus sa vie que sa mort. C'est ça, la mort. Que Dieu s'en fiche. Il est occupé ailleurs. Auprès des femmes qui enfantent et des hommes qui ensemencent les femmes. Et auprès des enfants qui se préparent à prolonger le Drame, indéfiniment.

D'une certaine manière, ma mort m'a mise à l'abri du drame. Je suis hors drame, hors scène, hors piste. La grande filière de l'Homo Sapiens, raffinée de siècle en siècle jusqu'à l'Homo Informaticus d'aujourd'hui, enfle et prolifère, ô combien, au vu des chiffres démographiques récents.

Dans la nouvelle optique de la surpopulation du globe, je suis une héroïne, peut-être un exemple.

Glorieux, mon sacrifice ? Certainement pas, je n'étais pas volontaire. On s'en fout du globe quand on est une fille née à l'arraché, de parents désespérés qui avaient tout perdu, leur terre, leurs biens, leur famille. Fruit d'un défi au malheur, je suis née fille pour prolonger une race en voie de disparition, une race belle et civilisée qu'on honorait quelques décennies plus tôt.

Je suis issue d'une vieille famille russe. La haute société russe avait de quoi éblouir, regardez les photos de la cour du dernier tsar, les grandes-duchesses, les officiers, les cadets, les dames de compagnie, les cousines de noblesse allemande ou anglaise. Peu d'actrices de cinéma ont égalé leur beauté, leur finesse et leur photogénie. Ma mère ressemblait à Vivien Leigh ou à Paulette Godard. La fierté d'appartenir à une élite indestructible, la rigueur militaire et les regards clairs conféraient aux hommes et aux femmes de nos familles une beauté inimitable. La mort en embuscade ornait-elle leurs visages de charmes ultimes ? Suis-je le bout de cette comète dissipée dans l'espace par un calcul sans appel ? En émigration, les survivants ont gardé le même panache, dans la pauvreté. La misère se transformait en altière simplicité.

Ma mère possédait une arme supplémentaire : l'humour. Elle n'était pas une intellectuelle, ça ne se faisait pas dans son milieu, les artistes étaient mieux tolérés, mais elle avait l'intelligence de ses connaissances encyclopédiques, embrassant tous les sujets et les reliant entre eux. Une souplesse d'esprit comparable à la sagesse paysanne ou à l'impertinence de l'enfance. Un esprit qui domine le réel, le jauge et le méprise, s'il le faut.

Pas hautaine, ma mère, mais élevée, désintéressée, sans rancœur.

Elle avait la capacité de rire d'elle-même, des situations auxquelles elle n'était pas préparée. Elle sentait bien qu'elle ne trouverait aucune réponse, sinon le rire. Il y a du désespoir dans l'humour. Les difficultés matérielles dans lesquelles ma mère se débattait continuellement l'ont sauvée. Elles lui servaient de tuteur. Quand il faut nourrir une famille, on n'a pas le temps de se perdre en regrets et nostalgies. Les enfants obligent les parents à ne pas sombrer, ils extirpent d'eux ce à quoi ils ont droit : leurs racines, l'histoire de leurs gènes, leurs origines. Un objectif supérieur efface tous les désagréments du moment.

Ma mère souffrait de la laideur qui accompagne la pauvreté, mais elle savait la tourner en cette dérision qui nous rappelait à chaque instant que nous étions des personnes déplacées, dans la banlieue où nous avions atterri. Mon goût du beau vient de ces années de résistance.

Merci maman de n'avoir jamais baissé les bras. Je serai à jamais une fieffée esthète.

Pasolini avait une approche politique du beau. C'était pour lui une conquête. Une recherche. Un appel à la révolte. Il s'insurgeait contre la vulgarité, plus criante en Italie qu'ailleurs.

Il jurait que la beauté n'est pas là où la bourgeoisie le veut. Elle se niche sur le dos d'un pêcheur napolitain, au sommet d'une colline sans arbre, dans les rosaces de moisissure qui fleurissent un mur lézardé. Elle est sur un visage basané, elle est suspendue à un baobab isolé dans le désert africain, aux dernières lucioles de la plaine du Pô dans la nuit brouillée de pesticides.

Mon type nordique lui paraissait déjà exploré. Il ne pouvait pas s'y arrêter. L'assurance héritée de mon sang russe était un écran entre nous.

Il se méfiait.
J'étais trop visible.
Trop immédiate.

Ce qu'on voyait de moi semblait être tout moi. Un visage comme un présentoir dans une vitrine de lunettes de soleil. Tout est là, servez-vous, il y en a pour tous les goûts.

J'en rajoutais. Ma timidité profonde m'entraînait à m'exposer, à montrer des avantages, comme on porte des médailles sur la poitrine. Je me lançais en italien, en français, en anglais, en russe parfois. Je citais Joyce, Dante, Nathalie Sarraute. Je voulais surprendre ceux qui cherchaient dans mon regard la bêtise d'une actrice, la faiblesse d'une femme qu'on paye pour être belle. Toute ma vie, j'ai dû me faire pardonner ce qui apparaît sur mon visage. Mon envie d'être au monde est arrogante. N'étais-je pas venue en Italie pour étaler ma gloriole d'héroïne de la Nouvelle Vague ? Les cinéphiles s'emballaient, mais Pasolini ne me regardait pas.

Il ne m'a pas vue.

Je le voyais tous les jours et lui ne me voyait pas.

Il ne m'engagea dans aucun rôle du film pourtant franco-italien que nous allions lui produire, mon jeune mari et moi-même, fervents admirateurs.

Mon mari était un producteur-réalisateur intéressant, pas vraiment un rival, mais ambitieux. J'étais la femme du *produttore*, me considérer eût été une concession impardonnable. Les cinéastes italiens sont cruels entre eux, ils se soupçonnent, ils lancent des jugements rapides, malveillants, sans retour. Dans l'ascension vers la réussite, ils s'éliminent les uns les autres sur une impression, une rumeur. Je crois que je n'ai jamais entendu un Italien dire : je me suis trompé, j'ai changé d'avis, Untel est valable, je l'avais mal jugé. Ce serait déshonorant pour le centurion qui demeure en chacun d'eux. Ils avancent, ils massacrent, ils oublient, ils passent à autre chose.

Pasolini régnait.

Son autorité cachait quelque chose.

La cruauté de ses films cache quelque chose.

En littérature, je suis attirée par les derniers récits de ceux qui ont mis fin à leurs jours. Stig Dagerman, Virginia Woolf, Romain Gary, Gilles Deleuze, Drieu la Rochelle, Maïakovski, Hemingway, von Kleist, Mishima, Sénèque. Ce sont les écrits les plus beaux, les plus résolus, les plus essentiels. Ils ont en commun l'impudeur de la vérité, la clarté, l'urgence et la nécessité. Parfois l'humour, que donne la clairvoyance. Comme si les auteurs parlaient d'eux-mêmes à la troisième personne, comme s'ils parlaient depuis l'au-delà. Ils se regardent, le dédoublement c'est déjà la mort.

Topor, la nuit de sa mort, se vit allongé dans le lit à côté de lui, c'était bien lui, son double, il l'a écrit sur son ordinateur.

Le détachement rend les suicidaires infiniment plus éveillés que tous les autres écrivains. L'absurdité de la vie n'est pas à démontrer, elle est aveuglante, ils préfèrent ne pas s'en accommoder. Il y a chez eux un sens de l'honneur, de la dignité. Leurs raisonnements sont imparables.

Comment envisager d'autre conclusion ? Rien n'a de sens ici-bas.

Moi, j'ai perdu le sens de la vie, c'est différent.

J'ai basculé dans un autre état, vers la face cachée du monde, disjonctée d'un coup. J'ai dû faire l'apprentissage de l'ombre avec un cœur, une tête, des habitudes conçus pour s'ébattre dans la lumière ordinaire. Peu à peu, un autre caractère s'est posé sur moi, comme des cendres après un incendie. Un filtre entre le monde et moi.

J'ai d'abord ressenti la honte. Je m'ingénie à cacher que je suis morte. J'affiche une gaieté excessive, des allures insouciantes, un entrain qui est devenu mon image de marque. Le bonheur est ma spécialité, mon rayon. Je donne des conseils, je m'habille en rose, je claironne que la vie est belle, qu'on est coupable de ne pas l'aimer.

Elle est belle, d'ailleurs, pour ceux qui sont vivants. Belle, prometteuse, victorieuse. Elle est unique, fantasque, bouleversante. Je le sais, je l'ai goûtée quand j'étais un espoir, une jeune femme qui se lançait dans la course, prête à s'emparer du témoin qu'on lui confierait et qu'elle passerait à une autre, sans incident. Une jeune femme désireuse d'accueillir la responsabilité de ce relais, de cette confiance.

Et puis il y a eu la chute, et tout a été chamboulé.

On parle des traumatismes de l'enfance, indélébiles. Mais que dire des chocs de l'âge adulte, qui vous fauchent en plein vol, en pleine puissance ? Ils sont fatals. Ils laissent peu de chance de s'en remettre, car ils s'abattent sur des êtres conscients, formés, capables de mesurer l'impasse, de la contempler avec dégoût. Avec stupeur.

Une vie sans perspective, sans lumière au fond du couloir est une vie arrêtée. Il y a bien les gestes automatiques, les gestes répétés tous les jours, mais ils ne sont qu'un simulacre d'existence, le fond reste immobile, lourd, inerte. Les variations extérieures n'y changent rien, la pesanteur m'enfonce sous la terre. Et pourtant, je me sens « l'obligation de vivre ». On naît avec l'obligation de vivre. De vivre le mieux possible. De faire marcher à fond ce moteur qui nous pousse. Je ne suis pas inactive. Je me donne un mal fou, je m'épuise à être.

Mais je patine. Je ne grandis pas. Ma croissance est verrouillée à la case « jeune fille ».

On me dit : tu as signé un pacte avec le diable, pour avoir gardé ton sourire d'enfant et ta vivacité musculaire ? En quelque sorte oui, je suis un Faust au féminin, on m'a enlevé ma citoyenneté de femme et en échange j'ai reçu une jeunesse éternelle, dont je ne sais que faire, sinon en jouir vainement. Méfiez-vous des euphoriques, ils ne sont pas heureux.

Que signifie être morte ? Je n'y aurais jamais pensé auparavant, il faut être dedans pour en capter le sens.

Par exemple, quand j'écoute les récits de la vie des autres, je m'aperçois qu'ils ne me concernent jamais, qu'ils ne me touchent pas. Les inquiétudes, les progrès, les conquêtes, les revers de fortune, les maladies, les chagrins d'amour sont brossés avec une vigueur, un besoin qui me font totalement défaut. Je suis une somnambule parmi les personnes affairées, soucieuses d'atteindre un but clair, toujours le même : protéger un statut, une maison, des êtres chers. Mon statut est celui des intouchables, ma maison est mouvante, interchangeable, et les gens que j'aime se demandent qui je suis, ce que je leur veux.

Je suis une impasse où l'on s'aventure un moment, le temps de comprendre qu'il faut rebrousser chemin, chercher une autre voie.

Dans le Labyrinthe, je suis la fausse piste, le détour tentant qui ne mène nulle part.

Ceux qui veulent m'aimer sont fatalement découragés, ils se heurtent rapidement à un barrage, à l'impossibilité de faire un projet. Pas d'amour sans projet. Pas de projet sans fécondité.

Mes frères, mes jumeaux sont les homosexuels. Les vrais, pas les francs-tireurs qui s'assurent une descendance puis vivent une autre sexualité dans un plaisir rassuré. Je parle de ceux qui brisent la chaîne, comme moi, qui ne peuvent pas faire autrement que d'interrompre la chaîne.

Condition funeste.

On peut compatir à leurs sentiments exacerbés, leur exaltation, leurs débordements. Ils combattent l'enfermement d'une vie sans suite. S'ils s'adressent à nous violemment, c'est pour que leurs hurlements recouvrent leur désolation. Pasolini hurlait ses films, ses pièces de théâtre. Quel besoin de parler si fort, si on a un but, un chantier où se construit patiemment le bâtiment du futur ? Quel besoin de brailler qu'on est le meilleur, si on est situé, entre un père et un fils, entre une mère et une fille, si on participe au circuit naturel, comme la source devient l'eau de la fontaine ?

On crie pour ne pas se réveiller, pour chasser le spectre de la mort à coups de plaisir charnel, de beaux objets, de jolies personnes, d'ivresse. On redouble de perfectionnisme, on fourbit des carcans esthétiques, des formalismes, de nouveaux courants artistiques, tout pour ne pas appréhender la vacuité de cette agitation.

Difficile d'accepter qu'on est mort.

Je partage ma condition avec un certain nombre de branches desséchées de l'humanité : les handicapés, les très vieux, les malades, les alcooliques, les fous et les homosexuels.

Tous ne savent pas qu'ils sont morts, tous ne souffrent pas comme moi. Leur cécité les abrite, ils croient ou se forcent à croire les discours pieux qu'on leur tient, comme aux malades condamnés. Vous vous portez bien, mieux qu'hier, soyez gaillards, vous avez de la chance, il y en a de plus malheureux que vous.

Moi-même, j'ai fait plusieurs tentatives pour oublier que j'étais morte. Mon ennemie farouche, dans ces efforts, c'est moi. Je me regarde faire et je me marre. Je n'ironise pas, mais je rigole doucement : Que va-t-elle encore inventer ? Par quel prodige d'imagination produira-t-elle la nouvelle parodie ?

Je crois que je désire sincèrement le bien d'autrui. Je mesure la complexité de mes entreprises.

Mes trouvailles pour jouer un rôle ici-bas émanent des intentions les meilleures, mais elles sont privées, nominatives. Je m'enthousiasme pour un talent en herbe, pour une intelligence qui m'élève. Je m'émeus de la maladie d'un voisin, de la destruction d'une vieille maison chargée d'histoire. Je proteste, je me mets en quatre. Mais je suis incapable de me donner corps et âme à une cause, une religion ou un parti. De me rallier à une confrérie, une secte. Faire du bien pour gagner le paradis me répugne.

Je crois aux bienfaits qu'on peut prodiguer près de soi. Je cultive le bonheur des autres, je pratique une générosité absurde, celle qui n'attend rien en retour, celle qui n'apporte aucune gloire, aucun mérite, aucun avantage. Je donne. Je distribue. Je m'appauvris pour continuer à donner. Cet objet te plaît ? Prends-le. Tu as besoin d'argent ? En voici. Tu as envie d'un bon repas ? Le voilà. Les biens matériels se détachent de moi comme les feuilles d'un arbre agité par le vent. Je ne retiens pas les objets, je fuis de partout. Mon sens de la propriété est faible, je n'accumule pas, je dilapide, je me dépouille au fur et à mesure. Ce qui est à moi est à vous, mes amants, mes amis. Prenez tout ce que vous voulez, profitez de moi, emportez ce que vous désirez, je l'aurai vite oublié. Une amie m'a dit un jour : « Quel joli bracelet en or tu portes », je lui ai répondu en le détachant de mon poignet : « Prends-le, je te le donne. » Elle en a été très étonnée. Pour moi c'était naturel, elle convoitait cette chaînette, je voulais voir le contentement soudain sur son visage. Rien de plus. Elle *voulait* quelque chose, moi je n'arrive pas à *vouloir*.

Il faut être vivant pour vouloir. Je suis un creux que rien ne peut remplir. Je me repais des désirs des autres. J'ambitionne sincèrement de les assouvir.

Je ne lésine pas. J'accomplis des prouesses, je suis rapide et performante. Je déniche l'introuvable, je devine les besoins secrets, je lis dans le cœur des élus que j'afflige de ma bonté.

Je suis une plaie d'amour.

Il faut que je vous raconte le jour de ma mort. Je n'ai aucun plaisir à me le remémorer, mais je vous dois bien ça, si nous devons avancer ensemble, si vous voulez bien vous enfoncer avec moi dans la forêt où je vous entraîne. Je le dois à vous toutes, les femmes qui avez vécu la même chose que moi. Aux hommes aussi. Ils sont plus nombreux qu'on ne le croit.

J'allais, joyeuse, à mon rendez-vous quotidien avec Juliette.

J'étais à jeun, comme d'habitude, j'apportais la coûteuse fiole d'hormones fraîches savamment dosées qu'elle allait m'injecter.

Les nouvelles étaient bonnes, très bonnes, je

supportais allègrement les gonflements et les démangeaisons que procure ce traitement.

La dernière échographie m'avait transportée sur un petit nuage : après sept tentatives infructueuses qui avaient miné – mais pas abattu – mon moral, j'étais enceinte.

La fécondation in vitro n'est pas une petite affaire. On doit préparer son corps avec rigueur et patience, comme pour une compétition sportive. Piqûres, analyses sanguines, prélèvements, régime, pas de voyage, pas d'avion, pas de choc nerveux, pas de fatigue, ne pas porter de valise, ne pas déplacer de meubles, éviter les talons hauts, écouter son ventre, observer son teint, son visage, ses cheveux. On est concentrée pendant des mois sur un objectif, un seul : l'installation solide d'un ovocyte fécondé dans un utérus récalcitrant, inondé de subtils cocktails pharmaceutiques incitatifs. Ensuite, pour celles qui y croient, prières et incantations.

Je me contentais de rester couchée les pieds en l'air, aussi souvent que je le pouvais. Pas facile dans une vie de femme active. Les médecins sont attentifs, prudents, ils vous encouragent sans faire de promesse. On joue encore un peu avec le feu, les résultats sont enthousiasmants, mais la nature impose ses lois, on la viole tout en la soutenant, elle n'aime pas beaucoup ça. Elle résiste, cède, récompense, s'emballe, on n'est pas à l'abri de jumeaux, de triplés, de petits embryons surdoués qui se développent à grande vitesse.

J'approchais de la quarantaine, j'avais déjà subi toutes les opérations, tous les traitements qui existaient jusque-là.

Une nouveauté venait d'apparaître : la fécondation in vitro. C'était un espoir, une réponse tangible à ma situation. Je me suis lancée sans hésiter. L'idée d'être pionnière ne me déplaisait pas.

Je me suis obstinée. J'ai recommencé sept fois, imperturbable. Un miracle, ça se travaille.

Cette fois-là n'était pas comme les autres : c'était ma dernière chance. Je bénéficiais déjà d'une tolérance car j'avais dépassé la limite d'âge légal. Le professeur m'avait annoncé qu'on arrêterait là, ce serait ma dernière tentative.

Le suspense me rendait encore plus scrupuleuse, plus obéissante. C'est fou ce qu'une femme peut faire pour arriver où elle veut. Celles à qui un enfant vient naturellement, qui souhaiteraient parfois même s'en débarrasser, ne connaissent pas leur chance. Dans les couloirs de la clinique que je fréquentais assidûment, par la force des choses, j'ai pu dénombrer les malheureuses qui étaient dans mon cas. Une petite foule intense, au regard inquiet, inquiétude qui va crescendo, selon l'âge, selon l'approche du jour J, chacune le sien.

Des récidivistes, plurirécidivistes, animées d'une volonté de fer, mâchoire serrée entre détermination et angoisse, comme des joueurs invétérés autour d'une table de black jack.

L'objectif est plus noble, mais l'ambition est la même : l'emporter dans le bras de fer avec le hasard. Quand on engage la bataille, le seul but est de gagner, de déjouer le mauvais sort. On cumule énergies, résolutions et stratégies. On est prête à tout, on accepte un véritable bombardement chimique pour qu'une fleur pousse dans ce ventre en panne, pour qu'un ovocyte fécondé s'y accroche enfin.

Des femmes au pas ralenti par les recommandations médicales arpentent les salles d'attente, leur feuille de température à la main. Elles ont l'air de girafes solitaires, égarées dans la savane aride à la recherche du dernier buisson comestible.

On se sourit.

On ne se parle pas.

L'histoire de chacune est secrète, douloureuse. Il y a là-dessous des couples brisés, des compagnons déçus, contrariés, absents.

Quelques hommes sont là, quelques hommes affectueux, ils s'ennuient calmement, spectateurs dépassés.

Parfois, la « faute » est sur eux, sur leur semence défaillante. La malchance est tombée sur eux. Alors ils promènent ce même air contrit qu'ont les femmes infertiles. Ils souffrent comme des enfants à qui l'on ne peut expliquer leur maladie, la cause de leur souffrance.

Ils sont touchants, ces hommes-là, qui nous rejoignent dans le ghetto des pestiférées.

J'allais donc, d'un pas serein.

Dans ma tête, obsédante, l'image de la veille sur l'écran de l'échographie, une petite tache immobile et triomphante bien au centre de mon abdomen.

Je marchais sans hâte, mes heures étaient programmées depuis des mois, le matin la prise de sang, à midi et le soir la piqûre, entre-temps l'attente, l'écoulement des minutes, des quarts d'heure, des demi-heures. Et les pensées tumultueuses, contradictoires. Ne rien espérer, et tout espérer. S'armer d'idées positives, mais aussi de légèreté. Et si… Ne pas y penser, ça porte malheur, ne rien prévoir, ne rien attendre. Il sera toujours temps de…

Je marchais, humble et royale, portant mon ventre comme on élève le calice à la messe. Avec précaution et ferveur. Je grimpais les escaliers du laboratoire en prenant soin d'utiliser les muscles des jambes, et non ceux du dos, mes notions de gymnastique me le rappelaient.

Je montais les marches faciles de cet immeuble haussmannien mais je ne savais pas qu'en réalité, je montais les marches d'un échafaud.

Un film me revient à l'esprit, un chef-d'œuvre d'Ariane Mnouchkine. Molière mourant monte un escalier en vrille, il monte, il monte sans fin, mais il s'affaiblit, sa vie s'achève sur une dernière frénésie, la vie ne veut pas sortir de lui, c'est comme un accouchement à l'envers, la naissance d'une force qui en chasse une autre, dans le désordre et l'affolement. La mort est une énergie palpable, un concentré de sens qui nous échappe mais qui s'impose puissamment. La mort *est* la question. La vie avec la mort.

La mort totale, et tous ses sous-produits, ses succédanés. Ses catégories multiples. J'ai écopé d'une mort de troisième ou quatrième catégorie, il y en a de plus rigoureuses, de plus spectaculaires. Les autistes profonds, les graves schizophrènes. Ceux-là naissent avec la mort incorporée. Je suis de la catégorie des accidentés, les paralysés après un accident, les amnésiques après un choc. Chez moi, l'infirmité ne se voit pas, c'est vicieux. Personne ne me plaint. Certains, en lisant ces lignes, diront : qu'est-ce qu'elle raconte, l'exclusion est une autre affaire, elle exagère. Elle ne connaît pas les terribles malheurs auxquels elle assimile son mal-être, qui ne l'empêche pas de circuler, de travailler, de bouger.

Je vais vous expliquer.

Je suis frappée de non-existence.

Vous n'aviez pas pensé cela, qu'on puisse mourir de son vivant.

Dans la courbure de l'escalier, à mi-étage, j'ai senti mon ventre se vider. Une eau tiède a coulé sur mes bas, ma jupe, et un peu sur le tapis. Appuyée contre la rampe, je ne suis pas tombée, parce que je n'avais mal nulle part, je ne comprenais pas ce qui m'arrivait.

L'étonnement me faisait transpirer, les humeurs qui s'échappaient de moi me rendaient bien présente, femelle et concrète. J'ai même commencé à rire, je me disais, ça y est, ma fille, tu es incontinente, comme les petites vieilles. Mais un bourdonnement étrange, directement de mon cœur à mes oreilles, me soufflait qu'il s'agissait d'autre chose, que c'était embêtant, que cette minute allait marquer ma mémoire à jamais.

J'ai monté les quelques marches qui restaient pour arriver à la porte du cabinet médical, à l'entresol.

Je suis entrée, annoncée par le tintement cristallin du carillon. Je me suis approchée de la jeune standardiste et j'ai dit : « Qu'est-ce que j'ai ? »

Depuis ce jour-là, je vivote.

J'ai des moments de satisfaction. Je vois les autres se débattre avec leurs problèmes de famille, d'enfants, d'incompréhension, de trahison, de panique financière, d'héritages refusés, d'esclavage du nom, de la lignée, de la succession. Vus de l'extérieur, ils paraissent bien plus malheureux que moi.

Mais c'est une illusion.

Ils s'offrent le luxe de montrer leur mécontentement, d'afficher plaintes et reproches, parce qu'ils sont rattachés à la vie, enchaînés les uns aux autres. Leurs pieds reposent sur un socle dont ils ne s'écartent pas, dont ils ne peuvent pas s'écarter. Ils sont rivés à leur base matricielle, ils existent. Ils peuvent donner des coups de pied à cette base. Ils y sont inévitablement ramenés.

Je suis volante, libre, de cette liberté inquiétante qu'on ressent en pleine mer. Je flotte au-dessus des passions comme un vaisseau sans amarres. Je regarde. Rien ne me concerne. Rien ne me ressemble. Ceux qui pourraient me ressembler se taisent, abîmés dans le silence de la culpabilité. Ma lucidité est pacifique, mais solitaire. Je ne peux pas la partager, on ne peut pas partager l'absence, le manque, le trou.

J'écris.

Je déverse ma sève, je me blanchis, comme en amour.

Je sens une vague compassion chez ceux qui devinent, mais qui m'évitent, il y a assez de souffrance comme ça chez les vivants, là où on peut soulager, guérir.

Ici cause perdue, s'abstenir.

J'intrigue les très sensibles ou les très simples qui lisent sur mon visage une anomalie, une tragédie sous-jacente.

Ne croyez pas que je sois déprimée, la dépression, je connais, c'est une maladie, c'est atroce, on peut vouloir mourir pour de bon. Je ne suis atteinte d'aucune faiblesse particulière, aucun travers mental, aucune propension à la neurasthénie. Je suis douée pour le rire, pour le plaisir, pour la jouissance.

Forcément.

Je n'ai pas d'autre lien avec moi-même que cette jouissance gratuite, écœurante comme un triple-crème. La jouissance orpheline de sa fonction principale : produire la vie.

Je jouis, donc je suis ?

Je jouis à vide, ceux qui m'approchent, qui partagent un instant ma disponibilité à la jouissance s'enfuient bientôt, lassés de tant de facilité.

Les inattentifs – les plus nombreux – voient dans ma bonne humeur constante un signe exceptionnel de vitalité. Ils me demandent mon secret de longévité, la recette de mon tonus.

Les sages se tiennent à distance, perplexes. Ils flairent l'embrouille, la mascarade. Ou le mal caché, attention, elle est peut-être contagieuse.

Personne ne s'aperçoit que je suis morte.

Ou personne ne s'est donné le mal de me le dire.

Qui peut se mettre à ma place ? Pasolini aurait pu, il s'y est mis sans me connaître. Lui l'homme actif, sportif, conscient, subissait la même damnation que moi. Il souffrait de la même négation. N'être rien, être rayé, privé d'avenir. Le monde finit avec moi, il continuera sans moi, sans ma contribution.

L'œuvre, me direz-vous ? La parole qu'on laisse dans les autres, la douleur qu'on incarne momentanément et qui semble les rassurer ? Qu'est-ce donc, en regard des cellules vivantes qui se multiplient et perpétuent la merveilleuse race humaine ?

L'art tient depuis quelques siècles une place disproportionnée. L'art est un pis-aller, un ornement, un lamento fièrement obscène. Une folle voyance. Ceux qui écoutent se réjouissent secrètement d'échapper à de telles prédictions. On plaint les artistes, on les protège, on les cajole. On leur pardonne leurs utopies. On peut les admirer, mais on ne les croit pas, on les exploite comme des paratonnerres qui attirent les brûlures de la foudre. Qu'ils flambent à leur gré, les malheureux, puisqu'ils ont l'air d'aimer ça. Qu'ils écrivent, qu'ils chantent ce qu'ils veulent, ils ne sont pas la vie, ils n'en sont que l'écho déformé, leurs cris n'ont aucune incidence sur l'évolution de l'espèce, de naissance en naissance. Les gens sont convaincus de ça, au fond d'eux. Il faut voir comment les dirigeants politiques, à gauche comme à droite, négligent la culture, s'agacent des protestations des artistes, et les rabrouent comme des enfants indisciplinés.

Les artistes sont d'inébranlables martyrs, mais quand vient leur heure, même s'ils ont été couronnés de gloire et de fortune, c'est encore à leurs enfants qu'ils s'en remettent pour accepter leur trépas. Après eux il y aura des êtres de chair et de sang pour maintenir la mémoire, pour que leur œuvre ne soit pas méconnue, oubliée, évaporée. Et si le souffle du génie se répétait ?

Pasolini voulait se convaincre que ses mots resteraient. Il a écrit dans un poème sur Gian Luigi Rondi, son ennemi féroce, alors président de la Mostra de Venise :

Tu, verme schifoso
Ti si ricorderà di te
Solo perché io qui ti cito.

« Toi, ignoble ver de terre, on se souviendra de toi seulement parce que je te cite ici. »

Ses paroles vibrantes, réfléchies, engagées, publiées et vendues dans le monde entier ne l'ont pas empêché de mourir comme un chien. D'une mort qu'il n'a pas cherchée puisqu'il était déjà sans vie, absent de lui-même et sans espérance. L'écrabouillement de son corps était un aveu, une déclaration de paix, allez, on se calme, j'arrête de souffrir, j'exécute mes propres instructions par le geste le plus honnête qu'un mort puisse faire : accepter enfin sa mort.

Oh, je n'ai pas envie de me jeter sous les roues de la voiture d'un amant qui m'abandonne, ni de m'ouvrir les veines dans une baignoire. Mais je m'impatiente, et je comprends la fatigue des innombrables suicidés dont je connais l'histoire. Tous ont exprimé clairement qu'ils n'espéraient plus rien, qu'ils ne croyaient plus à un changement quelconque, qu'ils avaient fait le tour des possibilités et que la réponse était non, la vie n'a pas de sens et la subir encore moins.

Moi, j'espère encore. Je me dis qu'une surprise est possible. Sinon je cesserais d'écrire, de monter sur les planches, de parler, de m'interroger. La vie, ça ne peut pas être ça.

Un beau jour, j'aurai une illumination, je comprendrai, je saurai à quoi je sers.

Je ne rôde pas au pied d'un pilier de Notre-Dame dans l'espoir d'une vocation tardive, je ne me préserve pas comme une momie pour accéder à la pérennité de la pierre. Mais je ne peux pas croire que j'aie tous les éléments pour admettre que c'est fini, qu'il n'y aura rien d'autre, rien que je ne connaisse déjà, rien que je n'aie déjà perdu ou conquis.

Pasolini n'est pas loin de moi. Maintenant, nous communiquons. Il est là-bas, moi ici, mais nous sommes proches.

Il me voit maintenant.

Il n'est pas toujours d'accord avec moi.

Sur l'utilité de l'art il n'est pas d'accord du tout. Il pense, comme on pensait dans les années soixante-dix, que la culture adoucit les mœurs et que les hommes s'améliorent au contact de l'art. Mes doutes sont persistants. Je ne vois aucun progrès de l'humanité, la violence ravage l'intime et le collectif, et l'accès élargi à la culture a fait d'elle une marchandise, qu'on vend, qu'on revend, qu'on exporte, qu'on négocie et qu'on installe au milieu du désert, pour peu qu'il contienne du lucratif pétrole. Des légions de consommateurs remplissent leurs yeux et leurs tympans de milliers de données, sans s'arrêter sur une émotion, un choc esthétique ou une découverte. Ils observent les artistes comme on regarde des animaux dans un zoo, derrière une barrière de protection qu'ils n'ont aucune intention de franchir. Les artistes sont différents dès la naissance et ne peuvent pas faire autrement que d'être des artistes. On les contemple, étonnés.

Un deux, un deux. Pour tous la même musique. La victoire du système binaire est complète. Il a envahi les mœurs. On prend, on prend pas. On tue, on tue pas. On baise, on baise pas. Toute question exige une réponse immédiate et lapidaire, transmissible dans les mots compressés d'un SMS. L'accélération des échanges a modifié les contenus.

Nous étions en retard, paraît-il, sur l'exploitation des neurones et toutes les possibilités du cerveau. Il était temps qu'on se secoue, affirment les amoureux d'Internet. Le cœur, ajoutent-ils, pratique cette bipolarité depuis belle lurette, avec ses battements, ses pulsations. La répétition à deux temps est le moteur de tous les actes de la vie biologique. On tapote, on caresse aller-retour, on psalmodie, on hésite, en se balançant d'un pied sur l'autre. La danse sexuelle est à deux temps, dedans dehors, dedans dehors. On berce un bébé de droite à gauche, de haut en bas. On rabote, on scie, on hache en deux temps, on peint en poussant le pinceau d'avant en arrière, l'électricité jaillit d'un pôle à l'autre. La liste est longue.

Le bonheur, lui, reste néanmoins fuyant, malgré tous ces martèlements.

On vit ou on meurt.

Entre le plein et le vide, je ne sais où je me situe. Je suis entre les deux.

Nous vivons une époque sous surveillance où la part inavouable qui est en chacun de nous n'a pas le droit au secret. Il faut tout dire, tout montrer : où l'on vit, avec qui, sous quel régime, comment on dépense son argent, où on va en vacances, quelle voiture on possède. On doit déclarer son poids, sa tension artérielle, comment va le psychique (« le mental », disent les sportifs), où en sont les érections, et le désir, et l'humidité du vagin ? Les journalistes n'hésitent pas à poser leurs questions : Quel est votre signe astrologique, votre âge, votre karma ? Qui sont vos parents, les connaissez-vous vraiment ? Un grand coup de phare dans tout ça, la société a le droit de savoir. Les assureurs, les inspecteurs des impôts, les loueurs d'appartements, les banquiers, les patrons, tous ont le droit de savoir.

Et si vous ne dites pas tout, on le lit dans votre écriture, votre morphologie, votre ADN, dans vos tics, vos TOCS, votre voix, votre biorythme ou vos grippes allergiques. Le monde nouveau est clair, transparent, réjouissons-nous.

Gare à celui qui est différent. Vous ne faites pas de sport ? Suspect. Vous ne connaissez pas par cœur les paroles des chansons populaires ? Suspect. Vous ne vous souvenez pas des noms des présentateurs de télévision ? Suspect. Un œil de caméra est braqué sur nous nuit et jour, vrai ou imaginaire. Souvent vrai, dans les lieux publics, les gares, les magasins, les usines, les hôpitaux. Un visionneur distrait surveille nos gestes, nos attitudes. Il est habilité à lire à l'intérieur de nous, autorisé à signaler les anomalies. Les « dysfonctionnements ». Les speakers se gargarisent de ce nouveau mot.

Ce monsieur porte sans cesse sa main à son chapeau, que cache-t-il dans son chapeau ? Cet autre hausse les épaules trop souvent, sa nervosité ne camoufle-t-elle pas un méfait, une mauvaise conscience ?

L'ennui, avec moi, c'est que je n'ai aucun symptôme.

La mort, ça ne se voit pas.

On peut dire : elle a des yeux tristes, quelquefois. Mais on met ça sur le compte du charme slave, et puis c'est joli, les yeux tristes. C'est mystérieux, ça donne un air lointain, inaccessible. Les hommes adorent.

La difficulté avec la mort, c'est qu'elle est irréversible. C'est du définitif. Il n'y aura pas de changement, pas de coup de théâtre. Le seul événement sera ma mort absolue. Entre-temps, je traîne cette mort chronique comme un voile, une enveloppe imperméable sur laquelle tout glisse.

Essayez de vous figurer cet état, entre être et non-être.

Les règles de la vie bonne ne s'appliquent pas à moi, je suis renvoyée dès la première leçon. Pas vous, vous non, ça ne s'adresse pas à vous, revenez, ou plutôt ne revenez pas, ce ne sera jamais pour vous.

Je n'appartiens pas non plus à la communauté des femmes, elles ne sont pas toujours charitables puisque je ne peux partager leurs sensations, leurs conversations.

Elles parlent d'accouchement, d'allaitement, de troubles post-partum. Elles se plaignent, mais elles ne disent jamais qu'elles sont adoubées par la maternité, ça tombe sous le sens, elles sont vivantes, c'est tout.

Simone de Beauvoir se trompait sur ce point. La femme ne perd rien dans la maternité, les enfants n'empêchent pas la transcendance. Au contraire. Le génie de femmes supérieures comme George Sand, comme Marie Curie s'est épanoui, consolidé dans leurs vies de mères, parfois douloureuses. Géniale Simone, ici vous avez péché par mauvaise foi. Vous auriez aimé avoir des enfants, vous aussi, mais vos choix, et ce diable de Sartre vous en ont détournée. Avec votre amour américain, vous avez été à un cheveu de laisser votre chair de femme se livrer à la maternité. Vous n'en auriez pas été moins brillante, et votre cerveau n'aurait pas tourné moins vite.

Je partage le point de vue de mon amie philosophe Annie Leclerc, qui fut ma camarade de classe et qui nous a hélas ! quittés cette année. Dans *Parole de femme*, elle dit à chaque page sa jouissance d'être femme, d'écouter son corps de femme. Les menstruations jusqu'ici honteuses et cachées sont délicieuses, leur douleur est unique et régénératrice. On peut être féministe et ne pas rejeter la condition de femme femelle parturiente.

Une autre grande féministe, Yvonne Knibiehler, a milité tout en mettant des enfants au monde, elle défend la liberté de la maternité, et le goût de la transmission.

« Ce qu'une mère apprend à sa fille, c'est que tout son corps est engagé, profondément, dans la reproduction de l'espèce. Autrement dit dans un

domaine qui touche au sacré, qu'on ne parvient pas à laïciser tout à fait. Les médecins ont beau avoir fait une lumière totale sur le processus de l'engendrement, de la gestation, de l'accouchement, on investit tellement dans la naissance humaine que celle-ci reste sacrée, et la mère avec elle. Or si je veux élever ma fille comme un être intelligent et cultivé, je peux le faire. Mais je ne sais pas dire ce qui en moi exige la maternité. »

Chère Yvonne Knibiehler, comme vous avez touché juste avec vos mots d'historienne de la famille. Vous, peut-être, pourriez comprendre ma douleur. Je suis une femme qu'on regarde, je suis filmée, photographiée, écoutée, et je ne suis personne. Je ne connais pas ce simple sentiment d'être sacrée que seul un enfant donne à une femme. J'ai connu l'amour d'un enfant que j'ai élevé, un petit garçon qui a pris mes manières, qui me ressemble, tant il m'a observée, copiée. Je l'aime tendrement, il sera mon héritier. Mais je ne l'ai pas mis au monde, et je ne serai jamais tout à fait sa mère.

Celles qui ont connu l'événement incroyable qu'est une naissance sont armées à jamais d'une plénitude instantanée. Elles ont donné la vie, elles ont rempli leur fonction de femme, même sous X.

Moi je suis sous Y, sous Z, je suis hors de l'alphabet, il n'y a pas de dénomination pour mon statut. D'ailleurs, il n'y a pas de syndicat, pas d'association, pas d'entraide pour les personnes comme moi. Nous vivons dans le déni, dans la clandestinité. Vous n'êtes pas un ventre utile, cachez-vous. On s'indigne que ce soit clairement formulé dans les sociétés dites « archaïques » où les femmes stériles sont abandonnées aux bêtes sauvages, mais c'est tout aussi vrai dans les sociétés « avancées ».

La première question qu'on vous pose est : « Avez-vous des enfants » ? Quand on dit non, on sent la déception en face, le blocage. Ou la peine. Tournez ça dans le sens que vous voulez, tout repose sur la filiation.

Il y a des femmes ingrates, ou aliénées, qui abandonnent leurs enfants ou les rejettent comme les chattes se désintéressent de leurs petits dès qu'ils sont sevrés, mais même celles-là ont réglé le problème de leur place sur cette terre.

Je m'étonne que personne ne dise ce que je dis. Les femmes sont-elles si muettes quand elles sont dans le ghetto des infertiles ?

Je m'étonne, mais je les comprends. Elles sont de l'autre côté, là-bas, glacées, elles n'intéressent personne. Leur malheur n'a pas de consistance, pas d'écho. Elles n'ont qu'à se taire.

Je ne suis pas névrosée.

La mort n'est pas une névrose.

Que je vous rassure.
J'ai trouvé un débouché.
Je suis ventriloque.

Les personnages que j'interprète parlent par ma bouche avec leur voix, leur trauma, leur ego. Leur charme et leur colère.

Aussi je change de voix de rôle en rôle, je me surprends moi-même, je ne sais jamais quelle voix sortira de ma gorge. Cette aptitude à me transformer, je la dois à l'espace vacant que chaque femme fictive rencontre chez moi.

Je lui laisse toute la place, je l'accueille avec voracité car je deviens elle, je m'enfuis en elle. Je pense comme elle, je dors avec elle, je la protège et la défends. Ne pas m'en dire du mal, je ne le supporterais pas.

Je ne perds pas la raison, mais je me dédouble tranquillement, légitimement, et c'est mon boulot, facilité par mon état de femme sans enfant.

Je suis taillée pour être une actrice, je puis aller aussi loin que le demande le personnage que je joue.

De grandes actrices se sont prononcées là-dessus, Sarah Bernhardt, Marguerite Moreno, Joan Crawford, Greta Garbo.

Une actrice ne devrait pas avoir d'enfant. Elle fait le sacrifice suprême pour devenir une icône, une sorte de sainte. Elle appartient tout entière au public. C'est le prix de la béatification.

Celles qui transgressent le pacte sont tourmentées. Chaque film, chaque tournée de théâtre les met en croix.

Dès qu'une femme est mère, elle est sous le regard permanent du fruit de ses entrailles, qui la réclame, exige l'exclusivité. Chacun de ses gestes est observé à titre d'exemple et de modèle. Comment expliquer à un enfant qu'on donne des baisers qui ne sont pas des baisers, qu'on est assassinée, battue, reine ou mendiante et que rien de tout cela n'est vrai, alors qu'on fait tout pour que cela ait l'air vrai ? Et comment exprimer les émotions devant une caméra, devant un public, si elles ne sont pas un peu vraies ? Les gens qui nous regardent s'emparent de notre sensibilité parce qu'ils y ont droit, on leur a promis du spectacle, de la vie plus vraie que la vie, mais la fibre féminine nous retient d'exhiber des sentiments réservés au cercle intime des enfants et de leur père.

Quelle comédienne peut nier avoir été confrontée à ce dilemme ?

Moi. Je gambade à la frontière de la décence, libre et impunie. Pas de comptes à rendre. Je suis exemptée. Dégagée par ma condition. L'invalidité a des droits.

Mon talon d'Achille est indécelable. On m'aborde comme si j'étais une personne normale. Je ne peux m'empêcher de sourire, j'ai bien envie de m'exclamer aussitôt : attention, je suis morte, ne faites aucun plan, ne m'associez à aucun de vos projets, je ne suis apte à aucune fonction importante, en dehors du rêve, de la fiction. Je suis si véridique dans mes films que personne ne soupçonne que je suis trépassée. Je ne l'ai dit à personne, mes proches ne s'en sont pas aperçus.

Il faut dire que je donne le change. J'ai tout l'air d'une bonne vivante. On me recherche comme compagne de gueuletons, de virées à la campagne, d'extase sexuelle. Je suis experte en plaisir, mes sens ont du répondant. Si la vie ne reposait que sur le plaisir, je serais une privilégiée. Mais avec moi il n'y a pas de lendemains, la suite s'enlise, les amours grippent, avant de caler définitivement.

Un beau moment, mon infertilité mortifère empoisonne l'amour. Mes amants se reprennent et s'éloignent, déçus d'avoir succombé à une chimère, une imitation de femme, parfaitement trompeuse.

Je lui ai dit :

« C'est fini. Je n'aurai jamais d'enfant. J'ai fait une fausse-couche. »

À ce moment seulement j'ai pleuré.

Des larmes incontrôlables débordaient de mes paupières. Il ne savait pas quoi faire, le pauvre. Il ne savait pas quoi dire. Chacun de ses mots sonnait faux, semblait une moquerie, une réplique mal jouée.

Des ruisseaux de larmes baignaient mes joues, mes épaules, sa poitrine. C'était l'été, nous étions en T-shirt tous les deux.

Mon nez s'encombrait, je ne respirais plus.

J'aurais voulu étouffer sur-le-champ, ne pas aller plus loin, ne pas survivre à ce chagrin dont je mesurais parfaitement la portée. J'étais lucide, je comprenais qu'une catastrophe s'était abattue sur moi.

Mais la mort, ça non, je ne l'avais pas prévue. Je n'aurais pu imaginer le bouleversement qui allait s'opérer en moi au cours des semaines suivantes.

Il me quitta. Il se maria. Il eut des enfants. J'en suis heureuse pour lui. L'homme est fait pour avoir des enfants. Autant que la femme. C'était un garçon sincère qui m'avait aimée. Je voulais son bien, et son bien, c'était de quitter la mort pour la vie. Je l'ai félicité. Un de nous deux au moins est un citoyen du monde visible. Moi j'ai été éliminée, comme un pion mangé au jeu de dames. Ce n'est pas sa faute. Pas la mienne non plus.

Un jour, je suis morte

Depuis ce jour, j'ai à charge mon corps encombrant, je le trimbale de liaison en liaison, de rupture en rupture.

La mort ne me plaît pas, je ne m'y habitue nullement. J'ai encore des réflexes de vivante. Je veux aller danser avec les autres, être demandée, mademoiselle voulez-vous danser avec moi, oui monsieur, tout de suite monsieur, j'ai une jolie jupe et un jupon de dentelle qui tourneront autour de mes jambes, et ce sont de vraies jambes, monsieur, mes cuisses, ma taille, mes seins ne sont pas du cinéma, touchez donc, je vous les offre.

Le temps d'un bal.

Je virevolte d'un bal à l'autre, d'un bras à l'autre. Je m'égaye, je m'étourdis, j'oublie que le carrosse redeviendra bientôt citrouille, que les bras se détendront, me lâcheront, iront saisir une autre taille, ailleurs.

Le démon est pervers, il m'a dotée d'attributs qui séduisent, qui attirent les regards comme les miroirs attirent les alouettes. Dans l'imagerie populaire, la Faucheuse se déguise en princesse et ne se dévoile qu'au dernier moment, squelette sous un linceul.

Je repousse l'instant de l'aveu, aussi loin que possible.

À présent que j'ai l'âge où aucune femme ne peut plus espérer être enceinte, je me sens un peu moins seule. J'ai rejoint une grande famille, un club nombreux et frétillant. Les post-quinquas.

Mais ma blessure me distingue de toutes ces mamies énergiques qui n'ont pas dit leur dernier mot. Elles ont l'aplomb et les prétentions de celles qui ont bien fait leur travail, qui ont repeuplé la France et qui entendent participer à la gestion des affaires. Leur retraite active est bien méritée. Elles sont en paix avec elles-mêmes, elles ont des droits et pas de doutes.

Avec ces femmes-là, je peux encore moins parler qu'avec les plus jeunes. L'espoir des trentenaires les rapproche de moi. Je comprends leurs incertitudes. À leur âge, rien n'était clair pour moi. Je voulais faire la révolution avec les autres, mais j'avais confiance en mon avenir personnel. On dit que nous étions insouciantes, les filles de 68. Nous étions certaines que rien ne serait plus comme avant. En premier le sort des femmes. Non, nous n'étions pas angoissées, comme les filles de trente ans aujourd'hui.

Et d'ailleurs, c'est à elles que je m'adresse.

Je leur dis : n'attendez pas, ne laissez pas votre ventre improductif, procréez, n'écoutez pas les sirènes d'un féminisme qui a troublé les esprits de plusieurs générations. La femme ne s'épanouit tout à fait que si cette question est réglée. Tout le reste peut attendre, vos capacités d'apprendre, d'inventer, d'organiser et de vous rendre utiles se développeront si votre féminité s'est exprimée. Et il n'y a pas de plus belle féminité que la maternité, l'enfantement.

Être femme est un privilège, pas un devoir.

C'est un luxe, si j'en juge par ma peine, par la tristesse immense qui s'abat sur les femmes qui ne peuvent pas avoir d'enfant. Saisissez votre chance quand elle se présente, embrassez la vie, ne craignez rien, affrontez le mystère de la procréation, car cela demeurera toujours un mystère, un miracle, que toutes les connaissances scientifiques n'élucideront jamais complètement.

Vivez au plus vite cette aventure.

Si vous ne le faites pas, vous le regretterez un jour.

J'entends le chœur des femmes célibataires qui n'ont pas voulu d'enfant.

Elles affirment que leurs vies sont remplies, qu'une femme n'est pas qu'un ventre, qu'elles sont heureuses et qu'elles se félicitent de ne pas ajouter de malheureux sur cette terre surpeuplée. Je connais tous ces arguments. Je mets ces femmes au défi de m'expliquer ce qu'elles font de si contraignant qui les empêche d'être mères *aussi*. La force des femmes, c'est précisément cette capacité de se rendre indispensables dans leur travail et en même temps d'être vouées au prolongement de l'espèce.

Elles parviennent à tout faire, certes en se privant de sommeil et de plaisirs personnels, mais elles n'y perdent rien, elles le savent bien.

Elles puisent leur force dans la vitalité de leurs enfants, dans ce retour de jeunesse qui les dope. Celles qui se passent de cette source de vie se privent de la vie même, et confondent confort et bonheur. Ma mère disait : « Les enfants, ou tout le reste... » Elle a choisi les enfants, non par traditionalisme, mais par amour (mon père), et par revanche (la révolution de 1917).

C'est un langage autrement plus fort que les livres qu'elle n'a pas écrits, les concerts qu'elle n'a pas donnés. Le pied de nez le plus colossal que mes parents pouvaient faire à leur sort d'immigrés dans ce nouveau pays qui les avait accueillis, c'était de mettre au monde des enfants devenus français. Hélas ! ça s'arrête avec moi. Je ne me le pardonne pas. Je suis penaude et confuse. Je regarde la vie des autres à travers une vitre, quand c'est trop douloureux, je m'en vais, je fais un voyage, j'oublie le temps avec un amant, je nage à perdre haleine.

Je n'ai pas trouvé le remède.

J'entends les mêmes femmes célibataires s'insurger, brandir leur liste de femmes célèbres épanouies qui n'ont pas eu d'enfant.

Célèbres, peut-être, en paix, sûrement pas.

Sur la pudeur, on a fait des progrès. On peut dire des choses qu'on n'osait pas aborder auparavant. On peut quasiment tout montrer, on a vu des accouchements en direct, des accouplements en détail, la nudité est courante sur les plages et dans les films. Courante mais pas anodine. Le sexe féminin garde le secret de son intériorité impossible à photographier.

Les tabous sont tombés, mais le sacré est resté.

Savez-vous que le bouton et sa boutonnière étaient interdits aux femmes du Moyen Âge, afin que les coquines ne puissent pas se déshabiller, ni se rhabiller toutes seules ?

Les vêtements étaient cousus sur elles, lacés dans le dos, sévèrement clos à partir de la taille. Le sein, éventuellement, pouvait rester accessible pour l'allaitement. On se lavait habillée, on faisait l'amour en chemise percée d'un trou à la hauteur du pubis.

Dans la bonne société d'il n'y a pas deux siècles, les hommes ne voyaient jamais leur femme nue. Ils l'honoraient dans l'obscurité, la peau griffée par les raides et chastes étoffes érigées en barrière autour du corps de cette conjointe épousée sans amour et sans désir.

Aussi les maisons closes battaient-elles leur plein. Les épouses avaient raison de jalouser les « filles de joie », autorisées aux parfums, au champagne, aux dentelles et aux décolletés. Les femmes mariées payaient cher leur position sociale et leur respectabilité.

Mon arrière-grand-mère ne se regardait jamais dans la glace et achetait ses chapeaux par correspondance. Toute la sensualité de ces femmes allait aux enfants en bas âge, car dès qu'ils étaient pris en charge par les gouvernantes et les précepteurs, la mère perdait tout contact physique avec eux.

Mais un nouveau bébé arrivait promptement, qui comblait le besoin d'affection charnelle.

Aujourd'hui, une femme décide du moment de la maternité, et s'inquiète de bouleverser son rapport au monde, aux autres. Elle redoute l'isolement de la maternité, la menace d'une vie moyenne, asservie à la croissance d'un enfant. La place qu'elle se taille durement dans la société par le travail et les compétences est soudain remise en question. Elle se sait fragilisée, elle craint de se voir reléguée au second plan.

Mais n'avons-nous pas hissé au premier plan ce qui devait être au second ? La femme peut-elle atteindre de plus haute fonction que de mettre au monde des êtres humains, de perpétuer l'espèce, en l'améliorant de génération en génération ?

Bravo les femmes instruites, lettrées. Si les femmes évoluent, elles font évoluer leurs enfants, et la société avec elles. Mais quelle mauvaise foi peut donc faire dire à une femme, fût-elle un as dans son domaine, que son action professionnelle est plus gratifiante qu'une grossesse et qu'un accouchement ? Il faut en finir avec ce pseudo-féminisme qui vilipende l'union entre un homme et une femme et ses conséquences sublimes.

L'acte sexuel n'est plus sacré, on s'aborde facilement. Tout l'attirail de la pornographie est entré dans la vie des jeunes couples. J'entends ici et là que l'amour se pratique à trois, à quatre, avec des témoins, sous l'œil d'une caméra, pour échapper à l'ennui, à la sacralisation de la monogamie. Un vœu naguère masculin auquel les filles se prêtent, pour surveiller les hommes et ne pas les perdre. Dans cette confusion, le seul sacré qui nous reste, c'est l'enfant. Un programme strictement féminin qui nous épargne le délire.

L'éducation d'un enfant, c'est une autre histoire. Tout le monde s'en mêle, le père, la famille, le milieu, le pays. Ce qui nous appartient, ce qui nous regarde et ne regarde que nous, les femmes, c'est la naissance. L'éclosion de la vie dans notre corps et donc tous les phénomènes du vivant, la multiplication des cellules, leur irrigation, leur construction dans la complexité inouïe des missions de chacune. Un univers en miniature se déploie, se répète et se diversifie pour constituer un être humain complet.

Je me meurs parce que je n'ai pas connu cela. Les affres de la non-vie sont plus cruelles que les tourments de la vie. Je ne saurai pas ce que c'est de craindre pour la vie d'un enfant, penser à son futur, me priver de tout pour l'aider, orienter ma vie pour lui procurer ce dont il a besoin, tout de suite. Et après moi.

À la place, je me soucie de mon plaisir, de mes conditions de vie, de mes curiosités et de mes conquêtes. Mais la chair n'est-elle pas triste et les livres nombreux, contradictoires et secs ? J'échangerais tout mon savoir, tout le temps que je passe à lire, à contempler des œuvres d'art, à écouter de la musique, contre une grossesse. Je troquerais tout mon bonheur à monter sur les planches, à me mettre au service de grands auteurs, à les aimer, à les faire aimer, contre la joie de voir mon ventre se gonfler, se déformer, abriter une vie.

Que faire de cette belle énergie qui coule dans mes veines malgré moi ? L'adoption ? Voilà une étrange affaire. Je veux m'occuper des enfants malheureux, je suis sensible à l'injustice qui les frappe, j'envoie de l'argent à une association qui entretient des familles au Cambodge, qui finance les études des enfants. Je reçois les carnets de classe et des lettres touchantes de deux de mes « filleuls », c'est merveilleux, mais ça n'a rien à voir avec mon manque. Je ne veux pas un enfant à tout prix. Je voulais *faire* un enfant, c'est différent.

Mais j'agis comme on flotte, je n'adhère à rien, parce que je ne suis pas là, je n'ai pas d'existence définie. Il faut être nanti pour être charitable. L'essentiel me fait défaut, je ne suis pas assez forte pour adopter, c'est plutôt dans l'autre sens, j'aimerais bien que quelqu'un m'adopte.

Vous me direz : on désire toujours ce qu'on n'a pas. Plus d'une voudrait avoir ma vie. Je ne crois pas pourtant qu'il faille m'envier. Prométhée ne reconstitue jamais son cœur dévoré par l'aigle. Mes bonheurs ne peuvent combler le gouffre de ma mort.

Pasolini, avec tout son talent, ses certitudes, la puissance de son travail, Pasolini l'infatigable, qui ne plaisantait jamais, qui ne riait jamais, qui ne perdait jamais de temps, n'a pas été épargné par l'effroi.

Je connais une histoire que peu ont su. Pasolini n'avait jamais fait l'amour avec une femme, et un jour il a décidé de faire une tentative.

Ce fut organisé par son amie, duègne et confidente, Laura Betti. Une partenaire fut savamment sélectionnée, ni trop jolie, ni trop intelligente, moderne mais pas trop, populaire mais délicate.

L'affaire devait se dérouler en Toscane, dans le château que Pasolini avait acheté et très succinctement aménagé. Il aimait le grand luxe des palaces vénitiens, ou la vie spartiate de sa petite maison de Fiumicino, impeccablement tenue par sa mère.

Laura se rendit la veille dans l'austère demeure en haut d'une colline de l'Apennin, elle alluma le chauffage, mit des draps neufs dans le grand lit de bois, équipa la cuisine de quelques denrées, des yaourts encore rares en Italie et dont Pier Paolo faisait une grande consommation, une bouteille de vin, à tout hasard, du pain de campagne, du pecorino (fromage de brebis) et des fruits. Puis elle repartit. Telle était la consigne.

Nous n'avons jamais su ce qu'il s'était passé, mais ce fut sans doute un échec car la jeune femme fut remerciée, et il n'en parla plus jamais.

J'ai ma version de cette histoire. Rongé par la tragédie de ne pas avoir d'enfant, il s'imaginait pouvoir vaincre sa nature et avoir une relation avec une femme. Il échoua. Tout espoir d'être père s'envola. Il en fit son deuil, mais à la suite de cette expérience avortée, il réalisa ses films les plus terribles : *Porcherie*, *Médée*, *Saló*. Des films où il s'approchait de l'enfer que son âme fréquentait déjà.

Nous, les éclopés de la procréation, nous ne pouvons pas pleurer, c'est interdit. Une chape de pitié nous recouvre, nous nous taisons.

Nous comptons pour zéro, mais nous dérangeons, on n'ose pas nous l'avouer.

C'est désagréable, les incurables. Les superflus. Les hors normes. Alors on minimise, on évite le sujet, on nous vante les avantages de la vie de célibataire. Il ne nous reste qu'à être les meilleurs en tout, nous avons l'obligation d'être fiables, précis, efficaces et modestes. Les chasseurs de têtes recrutent volontiers les gens sans enfants, sans famille. Nous sommes corvéables à merci, libres de nous engager sans compter.

Pasolini se saoulait de travail. Il n'avait pas d'autre drogue pour oublier son malheur.

Pour habiter sa fatale liberté.

La liberté est un bien précieux, mais trop de liberté est une calamité. On ne peut pas vivre quand on est trop libre. Il faut une limite, un horizon, une enceinte qu'on n'a pas choisie mais qui nous encercle de ses bras protecteurs. Cette forteresse, c'est la famille, le clan, le groupe. On n'a pas trouvé mieux. Ceux qui sont privés de cet enclos s'en sortent mal. Les émigrés se regroupent, reconstituent leurs villages, leurs cases, leurs isbas. C'est naturel, instinctif.

Je n'aurais pas dit cela il y a quarante ans, en 68. On voyait le monde éclaté d'un œil optimiste. Tous citoyens de la Terre, tous unis, tous libres. Mais le cœur de l'homme ne s'y fait pas.

Je me souviens du récit de William Faulkner *Les Palmiers sauvages*. Un galérien réussit à s'échapper de sa geôle avec un codétenu. Il traîne une lourde chaîne à sa cheville. Après des kilomètres de marche, il trouve un forgeron qui le libère. Il erre quelques semaines et, un beau matin, il se présente à la porte du pénitencier pour qu'on le remette dans sa cellule. L'autre récit croisé raconte l'histoire d'une passion entre une femme mariée et un homme avec lequel elle prend la fuite, ils vont vivre dans une autre ville. Mais le couple ne résiste pas à l'épreuve de leur liberté, l'amour s'érode et elle finit par retourner dans son foyer, prête à accepter les sanctions, l'humiliation et l'opprobre.

Trop de liberté rend fou. On frôle la démence quand on est jeté hors cadres, hors structures, hors centres de vie. Ma carence me range parmi les déracinés, les exilés, les perdus, les sans-domicile-fixe. Des gentils, des faibles, ignorant parfois leur marginalité.

La liberté est un leurre, une aspiration à l'impossible, comme le rêve d'Icare, voler avec des ailes d'ange, inspirées de celles des grands oiseaux.

La liberté est une idée qui a enflammé les hommes et les peuples, mais qui n'assure pas le bonheur.

L'équilibre est dans la mobilité à partir d'une base, à laquelle on revient toujours. Cette base, c'est la filiation. Nous ne sommes que des traits d'union, des passeurs, des reproducteurs, et celui qui ne remplit pas ce mandat est largué, abandonné dans un espace interhumain où se retrouvent tous les interdits de séjour dont je me sens solidaire.

J'ai deux chats magnifiques, un mâle et une femelle. Je les ai fait opérer tous les deux. Ils partagent ma condition et posent sur moi leurs yeux philosophes avec compassion. Leur langoureuse inutilité habite les canapés, les lits et les fauteuils de ma maison. Nous nous retrouvons dans un espace de méditation et de poésie. Leur intériorité me soutient, leur fidélité m'exalte. Ils évitent les caresses étrangères, ils m'ont choisie et leur grâce m'enseigne la résignation. Nous formons une petite société secrète, un club restreint et voluptueux. Je passe auprès d'eux de longues heures. Je deviens chat. J'absorbe leur tendresse. Ils savent quand il faut être là.

J'ai perdu la fécondité à cause d'un accident de jeunesse, un curetage mal fait, une interruption de grossesse trop tardive. Je n'en suis pas sûre, les médecins n'affirment rien, ils ne savent pas tout.

Mes tantes m'ont raconté qu'en déportation, en Sibérie, dans les camps, les femmes devenaient infécondes. La réponse du corps à l'emprisonnement est le refus de la reproduction.

Je n'étais pas prisonnière, et je n'ai refusé la grossesse qu'une seule fois, la première. J'avais seize ans. Je ne pouvais pas garder cet enfant. La pilule n'existait pas encore. On pratiquait les avortements en Suisse, chez des médecins complaisants. Payés cash.

Si j'avais su.

J'aurais pu être une mère formidable. J'aurais été increvable, mon endurance et ma santé auraient trouvé là leur emploi. Je me serais efforcée d'être originale, créative, drôle. J'aurais fomenté une ambiance franco-russe, avec quelques emprunts à l'Italie, la cuisine, la désinvolture et le goût de la beauté.

J'étais candidate à la vie et je n'ai pas été élue. À cause de ces foutues trompes obturées, à la suite d'une intervention mal faite. Crever pour ça, vous comprendrez que je l'aie mauvaise. La science m'a lâchée. Si la fécondation in vitro avait existé dix ans plus tôt, j'aurais été sauvée. Mon sort aurait été totalement différent.

Ma déveine ne sert à rien, mais ma souffrance peut servir. Si une seule femme hésitante, en me lisant, prend la décision de faire un enfant, si elle va, le cœur léger, accomplir son destin de femme, alors j'aurai servi à quelque chose.

Alors tous les enfants de la Terre seront mes enfants, j'aurai gagné sur ma mort prématurée.

Je n'échapperai plus à ma condition de paria, mais je vous aurai mises en garde, mes amies. Méfiez-vous, ne prenez pas la question à la légère, voyez ce qui peut arriver, on croit que tout va bien et tout d'un coup, on est poussée de l'autre côté, là où plus rien n'est possible. Faites votre vie, faites des études, des voyages, des rencontres, mais ne ratez pas le rendez-vous avec votre corps de femme. Emportez votre bébé en bandoulière partout où vous irez, débrouillez-vous, laissez la nature vous enrôler, vous soumettre à la grande transformation perpétuelle.

Du désert où je suis, je vous conjure d'écouter ma voix. Gardez mon témoignage à l'esprit, et prenez votre tour dans le manège.

Ne restez pas en dehors, pour votre santé mentale, pour ne pas dérailler, pour être une personne.

Enfantez dans n'importe quelle situation, à n'importe quel moment, vous trouverez la force de tout affronter, et dans une époque où le couple évolue fortement, ne comptez sur personne, ne laissez pas les temps vous voler votre destinée.

Ne tardez pas, non pas pour faire mentir les statistiques de dénatalité de l'Occident, mais pour vous, pour votre bien, pour que tout se mette en place autour de vous, solidement.

Flanquée de ma béance permanente, je continuerai.

J'écrirai de belles histoires, j'inventerai des aventures enchevêtrées, des intrigues véridiques.

Ceux qui, comme moi, sont à côté de la vie, sont les meilleurs chantres de la vie. J'observe les passions et les désirs. Mieux que quiconque, j'en connais le prix. Je puis vous donner le goût du bonheur que je n'ai pas eu. Comme les demi-dieux grecs, c'est-à-dire des dieux en pénitence, je plane au-dessus de vos têtes, pour vous encourager à être des humains. C'est vous qui faites tourner le monde, je vous le montre en chantant des histoires de héros et d'héroïnes qui vous ressemblent. Vous y voyez plus clair.

La voilà, ma fonction. Je narre vos faits et gestes pour valider vos peines en les glorifiant sur scène. Je singe votre vie pour vous la faire mieux aimer.

La technique a modifié la situation des acteurs. L'enregistrement de leur voix, les films et les DVD ont fixé l'expression de leur art qui cesse d'être éphémère. De la Pythie ou de Réjane, on n'a que le récit des déclamations. Aujourd'hui les photos font le tour du monde en une seconde, Marilyn Monroe est connue du Kazakhstan à la Patagonie. Elle est une vision. On suppose qu'elle a existé, on se souvient de ses photos, de ses rôles, de sa voix tremblante. Elle est une femme virtuelle, les caméras l'ont matérialisée en celluloïd et sur papier glacé.

Elle a payé chèrement cette mutation, la duplication a eu raison de sa santé. La célébrité a creusé le fossé.

Elle aurait troqué tous ses privilèges, sa beauté photogénique, sa popularité, ses millions, contre les pleurs d'un enfant, contre la petite main qui aurait cherché la sienne. Chaque jour la faille devenait plus béante. On dit qu'elle avait mis au monde une petite fille qu'on lui a enlevée dès la naissance, que la mafia à la solde des Kennedy l'aurait obligée à abandonner. Si c'est vrai, je comprends qu'elle n'ait pu surmonter cette épreuve. Les fausses couches successives l'ont achevée. Pauvre Marilyn qui adorait faire la cuisine en gros pull et en savates chez ses copains communistes de Los Angeles ! Un enfant aurait-il suffi à l'équilibrer ?

La nature est vaste et accueille tous les cas. Les mères non maternelles existent aussi.

Marilyn n'était pas inconsciente. Je pense au contraire qu'elle était d'une lucidité exigeante et intolérable. Elle était la « désaxée », comme l'a nommée Miller dans le beau et terrible film qu'il a écrit pour elle. Le mot « *Misfit* », en anglais, contient la notion d'échec, de « mal fait », d'erreur.

Les femmes qui n'enfantent pas sont des erreurs. Des déviantes, veuves d'elles-mêmes.

Je suis donc une actrice.

Une dénomination insolite pour une femme empêchée.

Entravée.

Je symbolise l'action, le mouvement.

Sous les projecteurs, je brille. En m'écoutant, vous me donnez un droit de cité. Je me sens utile, presque heureuse.

En échange, vos tourments me sont précieux. J'en dépends. Ils m'ouvrent le chemin de votre cœur. Ma présence est accrochée à la vôtre, sans vous je n'existerais pas du tout.

J'ai le moyen inouï de vous révéler, de vous donner des nouvelles de la famille humaine, de vous regrouper avec des mots, des émotions et des images qui vous paraîtront prodigieusement justes.

Les créateurs sont chargés d'une étrange mission : celle de vous représenter.

De repérer les trafics multiples qui se nouent et se dénouent entre vous. D'anticiper les évolutions, les modes, les révoltes. De formuler vos interrogations les plus biscornues, les plus secrètes. De donner une forme à vos rêves, par un autre rêve que j'incarne avec votre permission.

Je suis de la race des troubadours. Je suis là pour vous distraire, pour vous émouvoir, et vous apaiser. Votre paix sera la mienne, mon succès est dans vos yeux pétillants de rire ou de larmes sans conséquences.

Ainsi, jusqu'à la fin.

Tardive, j'espère.

Je n'ai pas fini de chanter, je me perfectionne encore et encore dans l'espoir de devenir indispensable, et que le son de ma voix vous manque quand le spectacle est terminé.

Quand je ne serai plus là, de moi il restera peut-être le murmure de la fatalité qui m'a poussée à être votre double, votre reflet. Je suis condamnée à vous parler et vous à m'écouter. Les positions sont claires, nous sommes quittes. Je désigne votre humanité et vous me rendez humaine en me croyant.

Si mon chant est beau, il demeurera, il vivra au-delà de vous, au-delà de moi. On le chantera après moi. Je serai immortelle faute d'avoir été vivante. C'est le salaire de la vie fictive, du théâtre où je m'enfouis, à la vie à la mort.

Une frontière nous sépare au travers de laquelle vous m'envoyez quelquefois des messages, des remerciements fougueux. Je reçois des lettres dans ma loge, au théâtre, des bouquets de fleurs, des insignes, des récompenses.

Et chaque soir, aux saluts, des applaudissements anonymes.

Mais gare à briser le miroir, à prendre ces manifestations d'amour pour des preuves palpables de mon existence. On ne flatte ainsi que les statues dans les temples.

Et pourtant, mes soupirs vous soulagent des aspérités du réel, et je vous conjure de les accepter. Je vous emmène au ciel pour vous ramener sur Terre, avec les vivants ingrats.

Divine puanteur du vivant.

Divine catharsis du théâtre. Vous écoulez le trop-plein de vos passions et moi, sur scène, je prends corps. Je suis animée par le puissant transfert collectif. D'apparition, je deviens une femme qui gouverne vos émotions.

Je suis redevable du pouvoir que vous me donnez. Mais dans le jeu du dominant dominé, c'est vous qui m'inventez, je suis votre esclave.

Dès que le rideau tombe, je reviens à ma solitude.

Implacable.

Je pourrais la craindre, mais je l'attends, elle m'est familière.

Je ne la hais pas.

Je transige avec elle depuis longtemps.

Les compagnies sont passagères, la solitude est stable.

Elle me guettait patiemment. Elle savait qu'elle allait gagner.

Je m'achemine vers un autre âge, le pire est passé.

Grâce à vous.

Pour la suite, on verra bien.

DU MÊME AUTEUR

Aux Éditions Albin Michel

LOVE, BABA

PATATI ET PATATA, TROIS PETITS TOURS ET PUIS ÇA VA

BIOGRAPHIE D'UN SEXE ORDINAIRE

SI JE VOUS DISAIS

LES MOTS DES HOMMES

CE SOIR, C'EST TA FÊTE

Composition IGS
Impression Bussière, décembre 2007
Éditions Albin Michel
22, rue Huyghens, 75014 Paris
www.albin-michel.fr

ISBN 978-2-226-18204-3
N° d'édition : 25635 – N° d'impression : 073811/1
Dépôt légal : janvier 2008
Imprimé en France.